Eva-Maria Hagen
Peter Hacks

Liaison amoureuse

Eulenspiegel Verlag

Vor mir liegt (o Männer)
Ihre Schulter (o Männer)
Auf dem Laken
Auf dem Tuch,
Wo ich weilte zu Besuch.
Welch ein Bild von runder, voller Schulter,
Weißer, schöner, wundervoller Schulter.

Und ein Hals (o Männer)
Und ein Arm (o Männer)
Und ein Rücken.
Fest und bloß,
Und ein Busen makellos
Wölben sich zu runder, voller Schulter,
Weißer, schöner, wundervoller Schulter.
O Männer,
O bärtige Männer, o tabakfarbene Männer,
Afrikaner, Seeleute, Bischöfe, Heiducken.
Wölben sich zu runder Schulter.

Es war kalt (o Männer)
Zwanzig Grad kalt (o Männer)
Ihre Schulter
Hat die Hand
Wie ein Feuer mir verbrannt.
Welche Glut aus runder, voller Schulter
Weißer, schöner, wundervoller Schulter.
O Männer.
O Plutarch, Salomo, Herodes, Francis Drake,
Darwin, o ihr heiligen drei Könige, o
ihr erzgewappneten Legionen des Kyros.
O Männer, verdammt.

Peter Hacks

Die Neujahrsnacht 1962/63

Unsere erste Begegnung fand in einer Neujahrsnacht im Künstler-Club *Die Möwe* statt, dem traditionellen Treffpunkt aller Sparten von Kunstschaffenden, wo gefeiert, diskutiert, geflirtet wurde – und der Buschfunk seine Trommeln rührte.

In jener Nacht spürte ich eine ungewöhnliche Berührung und seinen berauschenden, leicht alkoholisierten Atem. Dann tanzten wir miteinander, und zwar auf eine derart zupackende Art, als wolle er mich auf der Stelle vernaschen. Donnerwetter, dachte ich, der traut sich vielleicht was, und dabei dampfte er regelrecht vor Lebensfreude und Abenteuerlust, lachte frech und fröhlich, wunderte sich anscheinend über sich selbst, tat so, als wäre er eigentlich ein Unschuldslamm – und ich die Verführerin.

Näheres ist im Erinnerungsspeicher nicht registriert, nur so viel: Bevor er verschwand, streifte mich noch ein vielsagender Blick.

Es vergingen Tage und Nächte, ich musste bald verreisen, wollte aber vorher so was wie ein Zeichen setzen, da fiel mir was Amüsantes, aber auch Gewagtes ein.

Ich hatte mir eine kurze Szene ausgedacht, und ich erinnerte mich an die Stimme, die immer die Texte durchsagt, bevor das Telegramm mit der normalen Post im Briefkasten landet.

Also, seine Nummer gewählt, mich mit seriöser Stimme gemeldet: »HIER DAS TELEGRAFENAMT BERLIN N. 4 ... Sind Sie der Herr Dr. Peter Hacks?« Dann sagte ich als Fräulein vom Amt die Nachricht durch, in der was von Erinnerung an jene außergewöhnliche Nacht vorkommt und ein paar charmante Anzüglichkeiten, bei denen ich als Beamtin leicht pikiert hüstelte und sagte: »Das Telegramm kommt morgen wie gesagt mit der normalen Post«, und wünschte dem Herrn Hacks noch einen angenehmen Tag.

Bis zum Schluss war ich locker geblieben, doch hinterher zitterte ich leicht vor Aufregung und Stolz über den, meiner Ansicht nach, gelungenen Telegramm-Trick.

Die Aufklärung des Bubenstreichs erfolgte bald darauf ...

Die von Amor in jener Jahreswechselnacht angeschossenen Auserwählten waren inzwischen so was wie ein Liebespaar.

Als wir uns dann bald öfter trafen, fragte ich meinen Schatz nach einem Kuschelnachmittag ganz nebenbei, ob er denn das Telegramm bekommen hätte. Ja, hatte er, war auch erfreut, obwohl anonym, aber die Sache hatte folgenden Haken: Es wurde nämlich nicht nachgeschickt – das Original hätte er aber schon gerne gelesen, weil ...

Bacchus und Ariadne

Er hatte einen längeren und intensiven Briefwechsel mit den Ämtern deswegen, weil die Depesche eine sehr wichtige und persönliche gewesen sei und nicht ausgeliefert wurde, obwohl die Telegrafenfrau es extra betont hatte, das hat er der auch gesagt (also nicht mir, sondern einer echten, bei der die Beschwerde einging). Jetzt sehe ich selber kaum noch durch.

Dann rückte ich etwas verschämt und mit der vollen Wahrheit raus und gurrte, nämlich, dass ich selbst das Telefonfräulein war, welches ihm die Nachricht übermittelte, beziehungsweise ihn an der Nase herumgeführt hat.

Da ging eine Balgerei und Beschimpfungs-Arie los – im Tonfall zwischen Empörung und Bewunderung –, ich kriegte halb spielerisch, halb echt »was auf den Hintern« zur Strafe, doch letzten Endes legte ich ihn aufs Kreuz (hatte einst für einen Film Judo gelernt).

Jedenfalls hatten wir sehr vergnügliche Momente bei dieser Aufklärungs-Orgie.

Eva-Maria Hagen

Am 21. 3. seit Erschaffung der Welt

Mein Liebling,

Du hast so viel von mir mit Dir fortgenommen, daß ich bloß noch ganz kümmerlich herumsitze, als ein schuppiger Rest. Es gibt Häuser, die sehen von außen sehr stattlich und respektabel aus, aber ihr Inneres ist längst von den Termiten gefressen, ihre Zimmer sind leer, ihre Balken hohl, und wenn man sie mit dem Finger antippt, krachen sie zusammen; so ein Haus bin ich. Weil, was in mir war, ist in Dir; ohne Dich bin ich eine Attrappe von mir; andere Leute sollen darüber nachdenken, was sie gemacht haben, bevor sie geboren waren, ich wundere mich, daß ich irgendwas gemacht habe, bevor ich Dich kannte. Ich habe schon ausgehalten, Dich zwölf Tage nicht zu sehen; aber die Deutschen sind eine planende Rasse, und ich hatte eine Perspektive. Wenn ich daran denke, daß Du jetzt am anderen Ende der Erde herumspazierst, schön wie vierzehn und grausam wie tausend Jahre, und keiner sieht Dir an, daß Du ein Haus im Magen hast – o, mein Schatz, ruf mich an und sag mir, daß ich nicht albern sein soll, oder höchstens abends vorm Einschlafen. Dank für Telegramm und Blumen, sie sind wunderschön, und Du hast an mich gedacht. Morgen bin ich schon vernünftig. Du mußt auch vernünftig sein und glücklich, damit Du dick wirst, nicht dünn. Ich schick Dir 1000 Küsse und 1 Frühling. Ich liebe Dich.

Peter

23.3.

Mein Liebstes,

gestern war das Intelligenzvergnügen im Friedrichshain, aber keiner war intelligent, aber es war auch kein Vergnügen. Der Laden war schlecht, die Stühle waren schlecht, und Du warst nicht da; ich hätts Dir auch nicht gewünscht. Als ein hundert Jahre fetter Medizinalrat eine Polonaise kommandierte, welche darin bestand, daß man eine Stunde lang zu dem Lied »Das Wandern ist des Müllers Lust« in Viererreihen um den Saal marschieren mußte, hatten wirs satt und gingen nach Hause; Demonstrieren ist am ersten Mai. Der Maler Ebeling war nur gekommen, um Dich zu treffen, weil er Dich abmalen will, das Schwein; er war sehr unglücklich über Dein Fortsein. Ich auch, aber nicht, weil ich Dich abmalen will, sondern, na Du weißt schon. O, wie sehr will ich das. Es ist eine Schande. Und wie soll es gut sein für die Gesundheit, wenn sie uns immer nicht lassen? Mein Allerliebstes, ich hoffe, daß Du nicht krank bist, und daß Du lustig bist, und daß Du schön spazieren gehst in den bekarnickelten Wäldern und an dem Denkmal des früheren Badearztes Flechsig; ich mach Dir immer schöne Sonne mit einem liebenden Zauber. Du zauberst auch, das merk ich, aber nachts. Viele ungeheure, süße, zensurwidrige, schamlose, lange, breite und tiefe Küsse,

Peter

Singst du mir ein Lied vor
Vom Apfelessen,
Lausch ich deiner Stimme.
Wenn du sagst:
Erst soll man den Kern eingraben,
Dann den zarten Sproß behüten,
Dann sich freun am Duft der Blüten,
Dann kann man den Apfel haben.

Wie süß und schüchtern dieser Jüngling da doch noch in die Welt schaut …

Singst du mir ein Lied vor
Zur Gitarre,
Schreib ich dir ein Lied
Mit dem Tintenrohr:
Erst will ich den Apfel haben,
Dann ins Beet die Kerne graben,
Dann die kleinen Stämmchen hüten,
Dann mich freun am Duft der Blüten,
An dem Duft der Apfelblüten.

Angeregt durch den französischen Originaltitel dieses Briefromans – »Liaisons dangereuses« –, den mir mein Geliebter in die Einsamkeit der Kurschatten schickte, kam ich darauf, unsere Briefbotschaften unter dem Titel »Liaison amoureuse« freizulassen … obwohl die Zeiten nicht weniger gefährlich waren, nur anders.

Süßester Schatz aller Schätze,

die »Liebschaften« von Pierre-Ambroise-François Choderlos de Laclos habe ich durch. Großartig.

Hast Du daraus einige Anschauungen übernommen? Sicherlich Zufall.

Die Sonne hat geschienen, ganz frühlingshaft. Ich liebe Dich.

Wie geht es Dir und deinem Zuckerspiegel, dem Kreislauf und dem übrigem Haushalt? Schaust Du auch nicht nach fremden Weibern aus? Oder passiert nicht etwa gar was viel, viel Schlimmeres? So lange Zeit bin ich nicht da – mein Machtbereich reicht zwar sehr weit, doch weiß ich, ob er so weit reicht?

Ich gebe mich bescheiden, findest Du nicht auch?!

Jetzt gute Nacht! Ich küsse Deine Hände, Herr, und bleibe Deine ganz ergebene Sklavin.

Mir fällt ein, der Mund, er wäre mir auch noch lieb, doch überlaß ich das, O Herr, ganz Deiner Lust und Deinem Willen.

Wie sehn' ich mich – verdammt – nach jenen schönen Spielen, die Dir soviel Zerstreuung boten oder – Freude gar? Ja, war es so?

Sei heiß gegrüßt, zärtlich ersehnt, aus weiter Fremde, aus einem weichen, einsamen Bett.

M.

Lieber Peter!

Ach, es ist ganz schlimm mit mir. Weil ich von Dir getrennt bin und Dich doch so liebe, komme ich mir sehr verloren vor.

Die bösen Stimmen treiben mich durch alle Höllen der Welt und wilde Ranken umwuchern mein Herz. Und das, weil Du so warst, so gleichgültig und abgeklärt, so widerlich-grausam. Du weißt es ja? Am letzten Tag, als ich Dich anrief. Ich war sehr traurig.

Jetzt geht es mir wieder etwas freundlicher und Du bist dem ähnlich, den ich in Erinnerung habe von dem Tag davor und anderen Tagen. Ich war so glücklich, so einmalig froh, daß das ja nicht gut gehen konnte.

Na, Du Glücklichmacher, was hältst Du davon, wenn das gleichmäßiger sein könnte? Vielleicht etwas länger anhalten könnte? Es lag so sehr an Dir, wo ich doch in die kalte Fremde mußte!

Schwerwiegend ist an der Situation, daß ich nicht schlafen kann vor gegen Morgen und vom ewigen Lesen schon wirr im Kopf werde. Der liebe Doktor hat mir bittere Mittel verordnet. Ich hoffe sehr auf Besserung und schicke Dir viele zärtliche Küsse.

Maria

Der Schuhu und die fliegende Prinzessin

(aus dem 10. Kapitel)

Die Prinzessin flog nach Mesopotamien, gelangte nach der Hauptstadt Ktesiphon und schwebte über ihren Kuppeln und Gärten. Dabei sang sie ein Lied, denn sie wollte hören, wie ihr zumute war. Der Schuhu, der an diesem wie auch an jedem anderen Mittag in einem hohlen Baum des siebzehnten kaiserlichen Gartens schlief, erwachte von dem Gesang. Er steckte den Kopf aus dem Baum. Aber die Sonne schien sehr hell und blendete ihn, und er konnte, weil Schuhus am Tage ohnehin schlecht sehen, gar nichts erkennen. So schloß er wieder die Augen und lauschte.

Das Lied lautete so:

Wenn der Wind geht im April,
Lieg ich auf dem Winde,
Meine Seele bleibt nicht still,
Wenn der Wind geht im April.
Weiß nicht, was ich suchen will,
Weiß nicht, ob ichs finde.
Wenn der Wind geht im April,
Lieg ich auf dem Winde.

»Was für ein wundervolles Lied«, sagte der Schuhu zu sich selber. »Aus seinen Worten entnehme ich, daß die Sängerin ein empfindsames Fräulein ist, und da sie nicht leicht zufriedenzustellen ist, wird sie nicht dumm sein. Aus ihrer hohen und doch anmutigen Stimme entnehme ich, daß sie von zierlicher Statur ist, doch nicht mager.

Aus dem Umstand aber, daß der Gesang von oben kommt, entnehme ich, daß sie fliegen kann«.

Er öffnete seine Augen nicht mehr und verbrachte den ganzen Tag damit, sich das angenehme Bild, das er sich von der Sängerin gemacht hatte, vorzustellen. Am Abend jedoch kletterte er aus seiner Wohnung und flog über dem Park die Runde.

Die Prinzessin hatte sich mittlerweile in dem goldenen Himmel von Ktesiphon treiben lassen, ohne daß ihr etwas begegnet wäre, das ihr verraten hätte, weshalb sie eigentlich hier war. Sie entschloß sich heimzufliegen; da versank unversehens die Sonne in dem Fluß Tigris, und sie mußte sich ein Unterkommen suchen. Sie entdeckte den hohlen Baum, den der Schuhu verlassen hatte. In den kroch sie hinein. Und sie legte ihr Gesicht in die Beuge ihres weißen Arms und wollte eben einschlafen, als sie aus der Luft her ein Lied vernahm, das der Schuhu auf seiner Runde sang.

Das Lied lautete so:

Ohne Leben möcht ich sein
Oder ohne Liebe,
Denn du lässest mich allein.
Ohne Leben möcht ich sein.
Keine Macht, die mir die Pein
Aus dem Herzen triebe.
Ohne Leben möcht ich sein
Oder ohne Liebe.

Die Prinzessin steckte den Kopf aus dem Baum. Aber die Nacht war schon gekommen, und alles war dunkel.

»Was für ein wundervolles Lied«, sagte die Prinzessin zu sich selber. »Aus seinen Worten entnehme ich, daß der Sänger eine traurige Seele hat, und es muß für jedes Fräulein angenehm sein, sich als Ursache solch heftiger Trauer zu wissen. Aus seiner tiefen und doch wohltönenden Stimme entnehme ich, daß er kräftig, doch nicht plump gebaut ist.

Aus dem Umstand aber, daß der Gesang von oben kommt, entnehme ich, daß er fliegen kann«.

Sie verbrachte die ganze Zeit bis zum Morgen damit, sich das angenehme Bild, das sie sich von dem Sänger gemacht hatte, vorzustellen; bei den ersten Strahlen der Sonne kam sie aus dem Baum und flog nach Tripolis zurück.

So hatte der Schuhu die fliegende Prinzessin nicht gesehen, und die fliegende Prinzessin hatte den Schuhu nicht gesehen, und doch konnten sie von dem Tag an nicht aufhören, an einander zu denken. Sie dachten an einander, wenn sie aufwachten und wenn sie einschliefen. Die Zeit wurde ihnen lang und schwer.

Lieb weiß von Lieb nicht viel. Sie wissen
Nur, daß sie immer lieben müssen.

Vertiefung

Unsere Liebe hatte gerade erst begonnen, als wir uns räumlich trennen mussten. Schon vor längerer Zeit hatte ich eine Kur verschrieben bekommen, ein Privileg zu dieser Zeit. Ich brauchte dringend Erholung, physisch wie psychisch, hatte viel gearbeitet, war gesundheitlich angegriffen – und wurde selbst dort noch zu Filmarbeiten abgeholt, weil die Produktion fertiggestellt werden musste.

Doch gerade diesen Umständen ist es zu verdanken, dass viele Briefe voller Poesie, Geseufze und Selbstironie hin und her gingen, manchmal mehrere am Tag. Bad Elster im Vogtland war ein besonderer Kurort, aber wenn man solcher Sehnsucht ausgesetzt ist, weiß man es nicht so zu schätzen.

Wir telefonierten auch (obwohl das zu der Zeit kompliziert war – man musste ein Ferngespräch erst anmelden, und es konnte Stunden dauern, bis die Verbindung stand), sprachen über verschiedene Vorhaben, an denen er arbeitete. Später trafen wir uns in kleinen und größeren Privatwohnungen und Ateliers von Künstlern, von Malern, Fotografen, Schauspielern, z. B. auf dem Anwesen von Manfred Krug – in den sogenannten »Salons des Ostens«, wo nebenbei viel getrunken, getanzt, gesungen und philosophiert wurde, wo man fantasievolle Gerichte kredenzte und Neuigkeiten verbreitete ...

28. 3.

Geliebtes,

es war ein Fehler von mir, eine fliegende Prinzessin zu erfinden; denn wenn Du die bist, und es gibt Anzeichen, die dafür sprechen, mißbrauchst Du Deine Gabe auf die schändlichste Weise.

In meinem nächsten Märchen kommt eine briefschreibende Prinzessin vor, oder ist das zu phantastisch? Schamlose! Du kannst doch nicht einfach grinsend in der Kohlensäure sitzen und von Deinem Hacks ausruhn. Die Blumen, von denen ich Dir hätte erzählen müssen, daß es die schönsten roten Nelken sind, die je ein Engel mit einer grünen Schürze gepflanzt hat, sind seit gestern schon nicht mehr gut; morgen werde ich sie wegwerfen müssen, und wenn Du mir bis dahin immer noch keinen Brief geschrieben hast, wird Dich total vergessen haben Dein Dich immer liebender

Peter

28. 3.

Mein Glück,

meine Schönheit, meine Vollendung, ich habe Deine Briefe bekommen, ich liebe Dich so sehr, daß mir beinahe ein Ohr abbricht, ich erkläre Dir, warum. Wenn man Brücken baut, passiert es, daß eine ganz bestimmte Schwingung der Eigenschwingung der Brücke so ähnelt, daß sie, tausendmal verstärkt, die ganze Konstruktion zum Zittern und zum Bersten bringt; so zerstört eine trippelnde Lerche Giganten von Stahl, denen kein D-Zug und keine Dampfwalze gefährlich würde. Du bist die Lerche; wer der Stahlgigant ist anzudeuten, verbietet mir durchaus die Bescheidenheit. Was Du von dem Telephonat schreibst, ist entsetzlich; nie wieder werde ich mit Dir telephonieren, zumal ich jetzt auch ohrenlos bin. Was ich gesagt habe, war: Ich liebe Dich, reise gut, vergiß mich nicht, komm bald wieder. Ich liebe Dich, Du bist mein schöner, süßer, kluger, zarter, mörderischer Schatz, ich liebe Dich und Deine Schulter.

Für immer,

Peter

P. S. Wenn Du nicht anständig schläfst, kriegst Du auf den Hintern, verstanden?

28. 3.

Liebster!

Ich habe mir vorgenommen, Dir keinen Klagebrief zu schreiben – obwohl mir ziemlich kläglich ist ums Herz herum –, ich dachte mehr an einen Bericht.

Also: Bad Elster ist landschaftlich erträglich, ich gehe manchmal in den Wald und trete den Maulwürfen auf die Köpfe. Die sind jedoch nicht sehr empfindlich und bauen sich schnell neue Haufen.

Die Vögel zwitschern sicher auch auf Deinem Dach, verzeih, Du bist ja nicht so für Natur. Jetzt ist Nachmittag und milde Sonne.

Jeden 2. Tag gehe ich ins Badehaus und steige in eine schöne, tiefe kupferne Wanne, die mit Mineralwasser gefüllt ist. Das regt mich sehr auf, ich glaub, das machen die kleinen Bläschen, die sich an die Haut setzen und draufrumlaufen. Den Tag dazwischen gehe ich zum Masseur, der mich kitzelt, und in einer anderen Abteilung bekomme ich einen Sack auf den Bauch gelegt, der mit Moor gefüllt ist. Das ist für die Leber oder Galle.

Dann gehe ich 2 Mal zum Brunnen, da schummle ich, das scheint gesammeltes Wasser aus trockengelegten Sümpfen zu sein. Ja, und viel schlafen soll man, doch diese Weise hatte ich schon ausführlich besungen. (Bis um vier hörte ich das penetrante Geläute.)

Heute habe ich endlich wieder einen Brief von Dir bekommen – nach so langer Zeit!

Das Lied ist schön, es gefällt mir sehr und Du mir auch und darüber bin ich froh zurzeit.

Sehr unangenehm ist, daß ich am 1. April für 2 Tage nach Babelsberg muß. Die sind hier plötzlich erschienen und haben den Doktor, der erst dagegen war, daß ich fahre, mit so hohen Summen eingeschüchtert, die unser Staat verliert usw., daß er überwältigt war. Gangster!

Ich werde Dich anrufen, bevor ich wieder abreise. Und sei ja freundlich, sonst wage nicht, bei mir zu erscheinen in den nächsten 100 Jahren. Ein Ohr verlierst Du dann bestimmt, wenn nicht mehr. Ich hoffe sehr, Du läßt es nicht so weit kommen.

Viele kleine und große Küsse –

Maria

29. 3.

Liebling,

was haben die bloß gegen Dein Stück? Es ist doch gut, ich bin begeistert. Das mußt Du mir gelegentlich mal genauer erklären, wieso soviel Geschrei darum. Aber frech bist Du ja, mein Gott.

Schade, schade, daß ich die Aufführung nicht gesehen habe.

Was machst Du, bist Du fleißig werktätig? Laß Dich nicht ärgern von irgendwelchen und trink nicht so viel Hochprozentiges, wenns geht und denk an mich und daran, daß ich Dich sehr lieb habe.

Maria

P. S.: Montag rufe ich Dich an!!!

Es ging damals um »Die Sorgen um die Macht«, dessen Inszenierung am Deutschen Theater ins Kreuzfeuer der politischen Kritik geriet und u. a. zum Rücktritt des Intendanten und Regisseurs Wolfgang Langhoff führte.

Ich erinnere mich, dass Peter zu erklären versuchte, warum das Ganze solche Konsequenzen ausgelöst, den Stein des Anstoßes ins Rollen gebracht hatte. Und wie er sich spitzbübisch und selbstironisch rechtfertigte, weil ja die beanstandeten Stellen und frechen Anzüglichkeiten Annas Einfälle wären, sie also die Missetäterin gewesen sei.

2.4.

Liebling,

bist Du gut zurückgekommen?, ich hoffe, Du hast keine Säugetiere überfahren oder allenfalls Menschen. Schläfst

Du gut?, bedenke, je länger Du schläfst, desto mehr träumst Du, und Träume, sagt Lenin, sind sozialistisch, vorausgesetzt man ist entschlossen, all die Schweinereien in absehbarer Zeit wirklich zu machen. Erinnerst Du Dich an mich?, ich bin der schüchterne Jüngling, der, seit Du ihm am Neujahrsmorgen den Kopf verdreht hast, immer aus bleichem Antlitz seufzend durch die nächtlichen Gassen irrt. Liebst Du mich?, ich Dich mehr.

Welch ein Glück, daß Du da warst. Bleib nicht zu lange fort, und hör nicht auf Dich. Liebling, Liebling.

P.

Lieber Herr,

ach, es ist schon wieder weit nach Mitternacht.

Trotzdem ich laufend die Füße unter laufendes Wasser halte, das Fenster Tag und Nacht offen habe, der Regen beruhigend regnet, höre ich der Turmuhr lauten Schlag vom Kirchberg rüberwehen.

Und jede Viertelstunde weht es her. Ich zähle verzweifelt mit. Schon wieder! Viermal vor, dann die volle Stunde. Ein Uhr!

Lesen kann ich auch nicht mehr. Also, was tue ich? Ich phantasiere, ich spinne mir schöne Träume zusammen. Ich wälze mich herum und stöhne laut und tief und immer wieder. Aber niemand hört es, niemand sieht es, wie verloren ich hier liege; so gar nicht hingehörend in meinem Hemd mit blaubemalten Blumen.

Schick mir doch wenigstens ein Foto von Dir.

Es ist ganz übel, so vernarrt zu sein; denk nicht, daß ich darüber glücklich bin. – Ich bin verzweifelt, böse, hörst Du?

O, Jammer, daß mir das passieren muß. – Könnt ich wenigstens in den Wald gehen, aber es scheint kein Mond, es regnet, da hätt ich noch den Schnupfen obendrein. Ich werd's nochmals versuchen mit dem Dämon Schlaf.

Ich glühe wie ein Backofen!

(Die Uhr! Ich werde wahnsinnig!)

Küsse,

M.

Lieber Peter!

Heute bin ich durch den Frühling gewandert, vorbei an Grenzpfählen bis zur Tschechoslowakei. Im Niemandsland hat es mir sehr gefallen, da waren Pflanzen und Bäume wie in einer echten Wildnis. Und Hasen gabs! Die waren verwundert, als ich dort langging.

Da kam der Stacheldrahtzaun und ich bin schnell umgekehrt.

Gestern in der Nacht, als wir hier ankamen (ich bin nicht selbst gefahren. Ein Wagen von der Produktion hat nur nichtsahnende kleine Hasen überfahren, keine größeren Tiere!), war das Haus verschlossen und der Nachtwächter nicht aufzufinden. Ich war ganz tot. Aber dann endlich fand jemand irgendwo einen Schlüssel.

12 Stunden habe ich geschlafen. Jetzt soll ich schon wieder!

Gute Nacht – und verzeih mir mein dummes Gerede durchs Telefon. Ich will nie mehr so reden. Denn ich liebe Dich mit jenem Ungestüm, von dem die Dichter schreiben … lieber süßer Schatz.

Maria

P. S. Und das Foto? Wenn du es albern findest, kannst du ruhig, ich möchte es aber trotzdem. Und noch mal bitte ich Dich nicht!

Für Maria, die meinem Herzen eine Zunge gemacht.

Peter

Mein einziger Liebling!

Heute war ich Sekt trinken mit Werkdirektoren und 1 Konteradmiral. Unfreiwillig! Sie waren wie Primaner und haben so viele Komplimente gesagt und sind Kobolz geschossen, und ich habe brav gelächelt und gedacht, wie überflüssig das alles doch ist und ohne jeden Reiz.

Ich liebe Dich sehr und Du fehlst mir so ... Es ist – verdammt noch mal – ein trübes Dasein ohne Dich.

Weißt du, was man hier sagt von mir?

»Nanu, Sie geht so allein dahin, man sieht sie kaum am Brunnen stehn. So still ist sie und schüchtern, so zart und bleich.«

– Liebling, draußen um den Teich quaken Enten. Hast Du schon mal nachts um diese Zeit Enten quaken hören?! –

Und freundlich-mitleidvolle Blicke treffen mich:

»So jung noch ist das schöne Kind – und schon das Herz im Eimer.« Hier heilt es nie!

Ich komme bald, um Deins ganz dicht bei mir zu spüren. Wenn ich es spüre, dann gehts mir gut.

Gut Nacht, hab Mitleid mit meiner armen Seele, die hier langsam verkümmern würde, wenn sie nicht die Erinnerung hätte ...

Maria

P. S. Bin seit 22 Uhr im Bett, jetzt ist es ½ 3 und Donnerstag. Nun stell Dir das mal vor! Bin völlig hin von Dir, Liebling, schwärzester Teufel, schönster Engel – sende mir eine Atempause.

P. S. Auf dem Foto siehst Du wie ein Gelehrter aus mit einem sehr sinnlichen Mund. Ich küsse Dein Ohr, Deine Augen: mehr nicht! Ich möchte jetzt schlafen.

Liebling,

wie geht es Dir?

Denkst Du an mich? Mir geht es gut und schlecht. In gewisser Hinsicht bin ich beruhigt, Du weißt.

Eigentlich denke ich für einen Moment, Babys sind so süß und Dich würde es gar nicht stören. Ich weiß, daß Deine Stirn in Falten liegt, glätte sie wieder. Mir wäre es im Ernstfalle auch zu anstrengend. In 12 Tagen sehen wir uns. Bis dahin werd ich noch soviel an Dich denken, daß mir bange wird für Deine Ohren.

Kuß

Deine M.

4.4.

Meine große Liebe,

hier sind zwei zärtliche Lieder zu Ostern. Sie sind zum Herzbrechen traurig, ich hätte lieber lustige gefunden, aber für lustig waren die Leute früher zu dumm. Jedenfalls sie sind schön und gefühlvoll, und wenn das Gefühl auch mein ist, sagt Lessing, es ist doch immer ein Gefühl. Bis bald, Schatz, ich umarme und umbeine Dich.

Peter

Lieber schöner Schatz!

Gestern in der Nacht, als ich ankam, konnte ich vor dem Einschlafen noch zwei Briefe von Dir im Bett haben.

Mit ganz doll zärtlichen Gedanken an Dich bin ich eingeschlafen und habe süß von Dir geträumt.

Und heute bin ich von Dir begeistert.

Als ich am Nachmittag an der Post vorbeiging, kam ein Postbeamter mir hinterhergelaufen, brachte mir zwei Briefe von Dir, und sagte, die wären gerade eben angekommen. Und so habe ich sie heute schon, die eigentlich erst für morgen waren.

Die Lieder gefallen mir, aber ich darf Dich nicht zu sehr loben immerzu, das kannst Du nicht vertragen, nicht?

Ich fühle mich noch in Deiner Umarmung, so zart war sie, so süß – so tief warst Du in mir. Und jetzt!

Ich glaube, ich liebe Dich immer noch.

Maria

Eben habe ich Deine Briefe noch mal gelesen; sie sind so schön, daß ich mich schon in Dich verlieben müßte, wenn ich Dich nicht kennen würde. (O, verdammt, dann wären sie für eine andere!) Ich werde gleich ganz eifersüchtig und kriege Gänsehaut. Doch nicht nur der Schönheit Deiner Werke wegen, ich liebe etwas anderes noch an Dir. So sehr, so sehr.

M.

Geliebtes,

ich bin ziemlich krank und matt wie eine Fliege. Morgens kann ich nicht aufwachen, abends nicht schlafen; mein Kopf ist nicht gut; mein Bauch, Hals und Zahn auch nicht. Ich liebe Dich sehnlich und innig, aber eben in der Weise und mit dem Empfindungsvermögen einer Fliege. Sei froh, dass Du mich nicht hast. Ich bin wütend über mich, weil ich nicht arbeiten kann und Dich nicht mit Macht lieben. Ich bin so etwas wie ein begossenes Feuer oder ein verstopfter Vesuv, vermindert, überflüssig, innen schmutzig, und ich verschwende die Zeit, die ich so zufriedenstellend anwenden könnte, mein Jahrhundert zu mißbilligen, grämlich mit Mißbilligung meiner selbst. Du musst mich also sehr bemitleiden. Ich bin sehr bedürftig Deiner Liebe; ich will an Deinem Busen weinen und versichert kriegen, dass Du Dir von mir noch viel versprichst, auch wenn mich die Lebensversicherungen und alle Edeldenkenden schon aufgegeben haben.

Peter

Kleiner, lieber Affe.

Auch wenn Du mich mit dem Empfindungsvermögen einer Fliege liebst, ich liebe Dich mit unverminderter Kraft und viel innerem Aufwand.

Inzwischen sind einige Tage vergangen. Vielleicht liebst Du mich jetzt gerade, wie ich mir vorstelle, daß die Larve eines Maikäfers empfinden würde.

Wie es auch sei: Ich kann dem Verlangen meines Blutes nicht Einhalt gebieten, es reißt mich fort zu Dir, um mich an Deinem toten Feuer zu berauschen. Ich werd nicht müde werden – wenn wir uns sehen –, es neu zu schüren. Ich schick Dir 1000 Küsse. Sie sollen alles, was die bösen Geister Dir angeheftet haben, wegzaubern. Wenn Du mir glaubst, geht es Dir schon besser.

Maria

8.4.

Maria,

ich hoffe, ich habe Dich nicht erschreckt. Es ging mir schlimm und geht noch nicht so gut, aber tut das ein Mann, daß er sich weinend in den Wald stellt wie das Ölbild von 1 Hirsch? Schöne Sonne und zwei liebende Briefe haben mir sehr geholfen; sie haben mein Blut erwärmt und ihm Beine gemacht, vor allem die Briefe, denn lieber als in der Sonne liege ich in Dir. Du weißt nicht, Maria, wie viel Glück mir Deine Briefe bringen. Ich habe immer etwas von Dir, am Tag Deine Briefe, in der Nacht Dein geträumtes Bild, das perlmuttfarbene, blonde mit den langen weißen Beinen und runden Schultern; ich fühle Deine Haut, und ich sehe Deine Augen, frech, zärtlich, sinnlich und von der Farbe des in einer Vorstadtpfütze gespiegelten Himmels.

Mein schöner, starker Liebling, es ist Frühling, wie lange wir uns schon lieben. Aber dieses Jahr hat keinen Winter und keinen Frühling, sondern nur eine unveränderliche Jahreszeit, die hat den schönsten von allen Namen in der Welt und heißt Maria.

Ich schicke Dir Küsse, mit allen Tauben und Spatzen, die ich treffe.

Peter

Mein Gott »Hermes«,
was guckst du so unschuldig,
süßer Schelm!

9·4·

Mein Süßes,

ich denke an den hübschen Knaben, den wir nicht gekriegt haben. Ich taufe ihn Fidel Seligsohn, und so schön und so erfolgreich, wie er hätte werden können, wäre er doch nicht geworden; so tüchtig, wie er ist, wenn es ihn nicht gibt, wäre er, gäbe es ihn, nicht. Darum Ehre seinem Andenken, ich liebe ihn sehr, trinken wir einen auf Fidel Seligsohn, den vortrefflichen. – Heute habe ich zum erstenmal wieder gearbeitet, nicht gern, aber nicht erfolglos. Ich habe aber nie aufgehört, an Dich zu denken. Es ist Zeit, daß Du da wegkommst, zumal wenn ich höre, was sie mit Dir treiben: Die Bläschen laufen auf Dir herum, der Masseur kitzelt Dich, und wieder welche legen Dir einen Sack auf den Bauch; was die Bläschen, der Masseur und wieder welche können, kann ich auch, und besser. Mein goldener Schatz, mein Juwel, mein Taler, schreib mir lange vorher, wann Du kommst, ja? Komm nicht später und nicht früher, damit ich nicht tot umfalle vor Unglück oder Glück. Küsse, Küsse, auf jedes Haar, das Du hast, einen Kuß.

Peter

10.4.

Liebling,

ich bin durch den Wald gegangen und hab beinahe geweint. Sonnabendnachmittag hatte ich zum letzten Mal einen Brief von Dir – und was für einen! Ich machte mir Sorgen. Ich wollte Dich vorher unbedingt umarmen, ehe Du diese Welt verlassen hättest, und Du geweiht die Hölle betrittst, geweiht gegen jegliche Art Sünden ohne mich.

Du hast mir die nächsten 100 Jahre versprochen!

Aber jetzt, wo Du wieder zu den Lebenden zählst, ist es mir lieber. Mein Gott, wie sehne ich mich nach Dir, nach Deinem Mund, der mich zu allem verleitet, der mich so sagenhaft süß glücklich macht – mein Liebster, mein so sehr Geliebter. Nie! – beim Himmel, hätt ich gedacht, daß ich mich so sehr sehnen würde.

Ich geh jetzt wieder in den Wald, damit ich nicht verbrenne, und werde an Dich denken, das weiß ich jetzt schon – und wieder an Dich denken und wieder und wieder. Ich bin verrückt, verzeih.

Maria

Sie war berühmt, er war berüchtigt.
Sie war jung, und er war alt.
Sie war schön wie eine Lilie,
Er war traurig von Gestalt.

Sie warn für einander geboren,
Sie warn für einander gemacht,
Und mehr, als daß sie weinten,
Haben sie gelacht.

Er hatte schon eine Hausfrau.
Sie hatte schon ein Kind.
Man sagt, daß sie zusammen
Sehr glücklich gewesen sind.

Peter Hacks

Der Schuhu und die fliegende Prinzessin

(aus dem 16. Kapitel)

An der Stelle, wo das Meer endete und das feste Land anfing, verließ der Schuhu sein Schiff und kam in die Stadt Tripolis. Da war eine marmorne Treppe, die ging er hinauf, da stand der Palast des Königs. Der Palast hatte drei Türen. Er öffnete die mittelste und trat ein. Der König von Tripolis saß in einem Ohrenstuhl, und die Prinzessin lief mit einer goldenen Gießkanne herum und tränkte die Kakteen.

»Guten Tag«, sagte der Schuhu.

Die Prinzessin hörte seine Stimme und erkannte sie wieder, und sie erschrak so vor Glück, daß ihr das Herz stillstehen blieb und sie wie tot auf den Rücken fiel.

»Was machst du nur?« sagte der König, ihr Vater. Er erhob sich aus dem Stuhl, nahm der Prinzessin die Gießkanne aus der Hand und besprengte sie mit Wasser. Die Prinzessin schlug die Augen auf und sprach:

»Er ist es«.

Der Schuhu hörte ihre Stimme und erkannte sie wieder, und er erschrak so vor Glück, daß ihm das Herz stillstehen blieb und er wie tot auf den Rücken fiel. »Nu, nu«, sagte der König. Er schlurfte ärgerlich durch das Zimmer und begoß den Schuhu.

Der Schuhu schlug die Augen auf und betrachtete die Prinzessin, und die Prinzessin betrachtete den Schuhu, und ihre Blicke versenkten sich in einander.

»Wie schön er ist«, sagte die Prinzessin.

»Wie schön sie ist«, sagte der Schuhu.

Und sie erschraken so vor Glück, daß ihnen wieder das Herz stillstand und sie zum andernmal auf den Rücken fielen.

»Auf die Art kommt nie eine Unterhaltung zustande«, sagte der König von Tripolis. Er befahl seinen Dienern, den Schuhu in eine Kammer zu tragen. Dort legten sie ihn ins Bett, gaben ihm ein Glas Zuckerwasser zu trinken und sorgten, daß er sich erholte; ebenso machten sie es mit der Prinzessin.

Am nächsten Morgen erwachten der Schuhu und die Prinzessin und fanden sich bei neuen Kräften. Sie liefen voller Zuversicht zu dem Zimmer, wo sie sich getroffen hatten. Als sie aber hereinkamen, der Schuhu zur rechten Tür und die Prinzessin zur linken, wurden sie, ob sie wollten oder nicht, wiederum so glücklich, daß sie es nicht aushalten konnten. Das Herz schlug ihnen hoch bis in den Hals. Sie gingen aufeinander zu und faßten sich bei den Händen. Und dann hörten ihre Herzen zu schlagen auf, und sie fielen beide auf den Rücken und lagen lange so da.

»Das halte ich für eine Übertreibung der Gefühle«, sagte der König, nachdem er sie zu sich gebracht hatte.

»Wenn es euch gestern so ergangen ist, kann ich das verstehen, denn eure Trennung war lang; aber euer heutiges Wiedersehen war nach einer Trennung von nicht mehr als einer Nacht«.

»Die Trennung war kurz«, sagte der Schuhu, »aber die Liebe ist groß«.

Und er fügte hinzu:

»Ein schwerer Stein braucht nicht von hoch zu fallen und erschlägt doch einen Ochsen«.

So groß ist ihrer Liebe Gewicht
Daß es beinah ihr Herz zerbricht.

Langsamer Abschied

5. 6.

Mein Herz,

in meiner Tasche ist ein langer Brief, den ich Dir geschrieben habe und den ich Dir nicht schicke.

Ich habe keine Neigung zum tragischen Genre, und heiter ist mir noch nicht. Also kein Brief. Nur einige sanfttönende Schmöker, die Dich nicht entzücken, aber auch bestimmt nicht erschrecken werden. Bleib gesund, besuch mich bald. Immer Dein

Peter

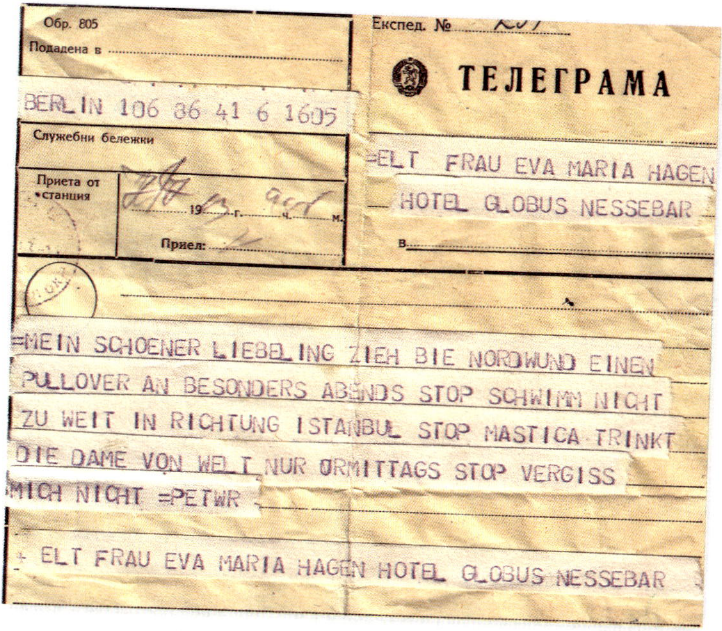

Обр. 805
Подадена в
Експед. №
ТЕЛЕГРАМА
BERLIN 106 36 41 6 1605
Служебни бележки
=ELT FRAU EVA MARIA HAGEN
HOTEL GLOBUS NESSEBAR
Приета от станция
Приел:

=MEIN SCHOENER LIEBELING ZIEH BIE NORDWUND EINEN PULLOVER AN BESONDERS ABENDS STOP SCHWIMM NICHT ZU WEIT IN RICHTUNG ISTANBUL STOP MASTICA TRINKT DIE DAME VON WELT NUR ORMITTAGS STOP VERGISS MICH NICHT =PETWR

+ ELT FRAU EVA MARIA HAGEN HOTEL GLOBUS NESSEBAR

Zu dieser Zeit war ich durch Überarbeitung wieder einmal angegriffen und bekam durch Vermittlung einer einflussreichen Freundin einen Ferienplatz in einer Reisegruppe nach Bulgarien ans Schwarze Meer.

Ja, mein Herzensschatz bemühte sich, mich, sich, uns alle glücklich zu machen, lud ein ins private Ambiente, um das »Kind aus dem Volke« (kurz zuvor hatte ich so eine Rolle gespielt) zu integrieren, in Dekorationen der Vergangenheit. Anna zeigte mir ihr geschmackvoll eingerichtetes Schlafzimmer, er seine abgedunkelte Schlafkammer, sie waren sehr gastfreundlich. Ein andermal stellte mir Anna Besuch aus dem Westen vor, eine Freundin, die Schauspielerin Hanne Hiob, erste Tochter von Brecht. Wir tranken Tee im Salon. Ich fühlte mich wie unter Beobachtung, begutachtet, und Peter kümmerte sich linkisch um Normalität.

13. 7.

Lieber Peter!

Das Meer ist grün und lauwarm – ich bin schon ein Fisch, soviel bin ich im und unter dem Wasser.

Am Abend ist die Verwandlung und der Mond ist hier besonders rund.

Sei heiß gegrüßt.

Maria

30. 7.

Mein Schatz,

eben fuhr ein ganz großer Dampfer von links nach rechts, und nach einer Weile kam (von rechts nach links) ein ganz kleiner Dampfer zurück, und ich habe geseufzt und gesprochen: Bruder, was haben sie mit dir gemacht?

Mir geht es gut; ich bin schön faul und bräunlich und fast wieder ein richtiger Dampfer. Wann besuchst Du nun mich? Schönen Kuß

Peter

Schöne Grüße – Ihre Anna Wiede

14. 8.

Lieber Peter!

Ich bin hier auf
der Insel, & es
ist ganz hübsch.
Sei lieb gegrüßt.

Maria

Herzliche
Grüße
für Anna.

21. 8.
Friedrich-Wolf-Heim –
Werder/Havel/Petzow

Lieber Liebling,

schönen Dank für die Karte, aber soll ich einen Felsen küssen? Wir kommen nächste Woche. Küsse,

Peter

24. 8.

Sei gegrüßt, Unvergessener!

Heute las ich, mir den Luxus leistend, in deiner »Fliegenden Prinzessin«. Mein Gott, welche Liebe.

Wann war die Zeit, in welcher sowas möglich war? Vor hundert Jahren, vor tausend? Daß es sie gab, ist sicher. Ich erinnere mich: Sie hatte sogar Verwandtes mit einem Märchen. Und das happy end fehlte auch nicht.

Es war nicht so sehr alltäglich, wo die beiden der Sonne entgegen zu gehen pflegen – nein, da hätten sie ja ein paar Seiten weiter die Flammen verzehrt. Sie trennten sich also – und das war gut so – und lebten froh und munter bis an ihr Lebensende. Und wenn sie nicht gestorben sind, dann … usw.

Wie war der Urlaub und der Alkoholkonsum, wie war die Auswahl jener Glücklichen, die Deine Nähe teilen durften? Ich hoffe, Du hast Dich gut erholt, und wünsche Dir ein gutes Jahr mit vielen schönen Ideen und die Ausführung dieser.

Mögen die Zensoren gnädig sein.

Maria

9. 12.

Lieber Peter!

Es läßt sich nicht vermeiden, hier auf Dich zu kommen. – Liebe Grüße.

Maria

Lieber Peter!

Herzlichen Dank für Dein Buch. Ich habe mich sehr gefreut.

Ich hoffe, es geht Dir gut und Du bist heiter und zufrieden und dichtest der Nachwelt Unvergleichliches.

Schöne Grüße, auch an Anna.

Maria

Februar 1964
Kronose

Schätzchen,

jetzt bin ich schon länger weg, als ich noch weg sein muss. Aller Kummer hat ein Ende, und alle Freuden haben (außer wenn man Dich machen läßt) keins. 20 Küsse, den Rest im Märzen

Grüß schön die liebe Gisela – von

Peter

26. 3. 64

Mein Herz,

ich lese amerikanische Volkslieder, und weil ich diese Lieder so hübsch finde, hab ich sie übersetzt und rausgeschrieben. Warum sind alle großen Liebesgeschichten so traurig? Ich bin glücklich, auch jetzt, wo ich traurig bin. In Sehnsucht,

Peter

Und das ist ein Lied von standhafter Liebe und ein Lied vom Ernst des Lebens; eins ist ganz realistisch, während ich auch begreife warum jenes von einer bloß siebenjährigen Treue so ein Gewese macht; in 100 Jahren reden wir nicht anders. Ich umarme Dich,

Peter

EIN SCHAUERMANNSKIND

(nach einem amerikanischen Volkslied)

Stand in dem Garten.
Ein Schiffsmatrose trat herein.
Er trat zu ihr mit diesen Worten:
Willst du, Schauermannskind, meine Braut
heut sein?

Hab einen Liebsten auf dem Meere,
Sieben lange Jahre ist er fort.
Und blieb er fort noch sieben Jahre,
Kein andrer Mann erhält mein Wort.

Dein Liebster ist vielleicht ertrunken,
Vielleicht erschlagen in der Schlacht,
Vielleicht vermählt einem schönen Mädchen,
Das ihn mit Küssen glücklich macht.

Und wenn mein Liebster ist ertrunken
Oder erschlagen in der Schlacht
Oder vermählt einem schönen Mädchen,
So lieb ich das Mädchen, das ihn glücklich macht.

Dein Liebster, er ist nicht ertrunken
Und nicht erschlagen in der Schlacht,
Ist keinem Mädchen nicht vermählet,
Hat sieben Jahre dein gedacht.

Er steckt die Hände in die Taschen,
Die weißen Finger schmal und lang.
Zu meinem Fuß sein Knie sich beuget.
Eine Kette von Gold er um mich schlang.

Ich hab sechs Schiffe auf dem Meere,
Und voll beladen bis zum Rand.
Und ob sie sinken oder schwimmen,
Was schierts mich, da ich treu dich fand.

LIEB, O LIEBE UNBEDACHT

Lieb, o Liebe unbedacht.
Es war die Liebe unbedacht.
Ihr seht, was Lieb aus mir gemacht.

Wehmut, ach, in meiner Brust.
In seinen Armen, welche Lust.
Und haben scheiden doch gemußt.

Mit der Freud begann das Leid.
Wir können nie vergessen beid
Vergangner Liebe schöne Zeit.

Hab kein Geld mehr noch Kredit.
Als mein Herzliebster von mir schied,
Ging er durchs Tor mit einem Lied.

Wert ist meine Mama mir.
Wert ist auch mein Papa mir.
Und doch ließ ich sie gerne hier
Und folgt ans End der Welten dir.

Letzte Nacht weint ich so sehr.
Weint so sehr die Nacht vorher.
Werd weinen meine Augen leer
Heute nacht und dann nicht mehr.

O mein Herze hat nicht Platz,
Nicht Fassung, dich zu sehen, hats
Schöntun einem andern Schatz.

O es ist getan und brach
Mein Herz entzwei vor Gram und Schmach.
Und deins, es folget meinem nach.

(aus: Polly, Fassung für den
nie realisierten Fernsehfilm)

17.9.64
München

Schöner Schatz,

ich habe einen lustigen Einfall gehabt, und wenn Gott will, komme ich mit einem feinen Trick nach Hause.
Viele Küsse, ich denke an Dich

Peter

Peter hat mir ein wunderschönes weißes Nachthemd aus Batist mit Stickerei von seiner München-Reise mitgebracht – ich sehe wie ein Edelfräulein darin aus. Was er sich wohl dabei gedacht hat? Vielleicht schwebte ihm die Jungfrau Maria vor. Warum nicht ...

Hilfe! Die Phantasie geht wieder mal mit mir durch.

Der von ihm eingefädelte »Trick« war also folgender: Ich bekam ein offizielles Schreiben mit Briefkopf von einer West-Fernsehanstalt, wo man mir die POLLY im Stück von Peter Hacks anbietet ... Da haben wir den Chef und Intendanten vom Fernsehen der DDR Heinz Adameck in Adlershof angerufen (ich gehörte seit 1961 dem dortigen Schauspielensemble an) – haben uns verabredet – zu Hause bei ihm und seiner Frau in Grünau, mit der ich befreundet war, und haben alles besprochen: Die erste Hürde war genommen. »Polly« wurde eingeplant vom Fernsehfunk der DDR! Und viele Songs hat POLLY zu singen – zum Beispiel auch diesen:

Das Paradies hat eine Pforte,
Der Schlüssel stecket innen.
Sie lässet dich von diesem Orte,
Sobald du willst, entrinnen.
Doch scheint nicht Ritz noch Fug
Dem, der die Tür zuschlug.
Es gibt kein Neubeginnen.

O lang und schmerzliches Entbehren,
Wie kommst du also schnelle.
Erinnerung nur darf überqueren
Die wohlverwahrte Schwelle,
Wo ich mein Glück zurücke ließ,
Und führt mein Herz ins Paradies.
Der Leib ist in der Hölle.

(aus: Polly, 2. Akt)

Im Hedge-maker's Inn
War ich Ballkönigin,
Und ich trug eine Rose im Haar.
Die Mädchen schön wie der Frühling,
Und keine so schön, wie ich war.

Es ging das Clairon
Und das Banjo, ding dong,
Und ich trug eine Rose im Haar.
Und ich konnte tanzen mit allen
Und tanzte mit ihm immerdar.

Des Morgens er kam
Und die Rose fort nahm,
Und wir wurden ein sündiges Paar.
Schuld war die Rose, die Rose,
Schuld war die Rose im Haar.

(aus: Polly, 1. Akt)

6. 11. 64

Meine schöne Liebste,

hier ist es sehr angenehm; ich gehe jeden Tag ins Theater und verstehe drei Stunden lang kein Wort und denke drei Stunden lang an Dich. Viele Küsse und vergiss nicht andauernd Deinen

Peter

23. 12. 64

Liebe Maria,

viele Küsse, an den Christbaum zu hängen, von

Peter

Peter Hacks an seine Mutter, Elly Hacks

8. 3. 1965

Liebe Mutti, ich bin bissel müde (wie immer am Posttags-Ende) [...]

Inzwischen ist ein schönes Märzenwetter eingezogen, das hat wieder etwas Bewegung in uns gebracht. Ich habe endlich die Polly fertig und mache auch gleich die Schlußfassung vom Tassow; hiernach wird nichts mehr herumliegen, was mich aus der Vergangenheit heraus belästigt. (Hast Du die Hefte 2 und 3 von Theater Heute?, die reden überhaupt bloß noch von mir). Ich will auch am Wochenende nach Wittenberg fahren und mir die Kindermörderin ansehn, weil die spielen auch eine letzte Fassung, die ich auf der Bühne noch nicht gesehen hab. Und die nächsten Parties stehen auch schon ins Haus: mein Geburtstag [...]

Im Theater habe ich mir den Geliebten Lügner angesehen, das war spaßig; denn ich war mit der Schauspielerin da, für die ich die Polly gemacht habe, und der Grosse und die Pelikowski haben uns immer dreckig angegrinst von der Bühne runter, Parallelen witternd.

Schöne Grüße, und erhole Dich von den Strapazen. Schließlich ist Urlaub ja kein Vergnügen.

Herzlichst,
Peter

Peter Hacks an seine Mutter, Elly Hacks

22.3.1965

Liebe Mamama, […]

Anfang der Woche war ich auf großer Reise. In Wittenberg war die Kindermörderin (Uraufführung der letzten Fassung), und in Dresden war Helena. Die Kindermörderin war in dem zwergigen Provinztheater Wittenberg eine höchstbegabte und präzise Inszenierung mit etlichen erstklassigen schauspielerischen Taten. Die Helena im großen Dresden war eine richtig miese Bums-Inszenierung und also ein stürmischer Erfolg. Woraus man sieht, daß Theater keine Finanzfrage ist, sondern ausschließlich eine der Begabung des Regisseurs und des künstlerischen Ernstes. Dieser Tage machen sie jetzt Frieden in Dessau, wo ich aber nicht hinfahr. Fahren müssen wir aber am Wochenende nach Eisleben, zur Sezuan-Inszenierung, die der Chambure gemacht hat […]

Die Geburtstagsparty verlief bis zwei Uhr sehr angenehm. Leider fiel es dann dem gesamten Ensemble des DT, die eine Premiere zu feiern hatten und nicht wußten, wo das tun, ein, es bei uns zu tun, und so erschienen plötzlich mitten in der Nacht gegen 30 Leute und verbreiteten Furcht und Schrecken, ähnlich wie die alten Kimbern und Teutonen unter den Römern. Sie haben am Ende gar nichts kaputtgemacht, und das ist noch das Beste, was man von ihnen sagen kann.

Geschlafen hab ich kaum, daher die Tippfehler.
Herzlichen Dank und Tausend Grüße
Peter

Unterwegs

Wir reisen durch die Provinzen, in Städte, wo es Antiquitäten-Läden gibt. Er ist danach geradezu süchtig (wie Fjodor Michailowitsch Dostojewskis Spieler nach Spiel-Casinos). Ich steuere meinen Dichter im neuen Skoda-Sport »Felicia« wie eine Amazone der Autobahn in die Lutherstadt Wittenberg zur Premiere von seinem Stück »Die Kindermörderin« und nach Dresden zur »Schönen Helena«. Anschließend sind Premierenfeiern.

In Dresden gibt er dem General-Intendanten Gerd Michael Henneberg (auch einst Schauspieler am Maxim-Gorki-Theater Berlin in meiner Anfängerzeit) ziemlich brüsk einen Korb, sagt sinngemäß: Er habe noch was ... Angenehmeres vor. Und Henneberg lächelt mit gespieltem Verständnis, dabei mir einen fast flehentlichen Blick zuwerfend – er glaubt wohl, ich könne Peter vielleicht umstimmen. Es ist peinlich, ich wäre gern hingegangen, zumal die »Helena«-Darstellerin zur gleichen Zeit wie ich auf der Schauspielschule in der Trümmerstadt Berlin war, nur schon ein Studienjahr weiter und von fast allen Jungen verehrt und begehrt. (Das war Anfang der fünfziger Jahre. Hunger- und Lebensmittelkarten-Zeit, und die Eltern hatten einen Fleischerladen.)

Jedenfalls fand Peter die Inszenierung nicht nach seinem Geschmack. Aber in Wittenberg tanzte er mit der Darstellerin der »Kindermörderin« so demonstrativ erotisch, dass deren damaliger Liebster (Berliner Schauspieler, später Indendant) mit blanken Augen und gespielter Toleranz drüber wegsah, während ich ebenfalls tanzte, mit einem, der zufällig auch später Intendant wurde.

Wir besuchten die nächsten Tage noch einige »Alte-Kunst-Läden«, auch in Potsdam, und fuhren eines Nachts zurück nach Berlin. Ich hatte nicht auf die Tankuhr geachtet, und plötzlich fing sie an zu blinken, wollte Stoff reingekippt kriegen, und ich sagte zu meinem Beifahrer: »Hoffentlich müssen wir nicht im Wald übernachten!«, wusste aber, dass noch bis zur nächsten Tankstelle Reserve drin ist.

Peterle gab sich zwar gelassen, hatte aber große schwarze Pupillen, der süße Angsthase.

Damals sammelten fast alle Zugehörigen der Branche sowie die Schichten mit höherem Einkommen, Ärzte und Wissenschaftler, der mehr oder weniger gebildeten Garde der »Intelligenzler« kostbare Antiquitäten, ob Barock, Rokoko oder Jugendstil – oft für ’n Appel und ’n Ei –, weil viele lieber was Bequemes und Praktisches wollten und Sachen von HELLERAU bevorzugten.

P. S.
In meiner Gastwohnung in Hamburg oben unterm Dach befindet sich im Eingangsbereich noch immer eine Art Überraschungsgeschenk für die einstige Landpomeranze, ein riesiger Spiegel mit bombastischem Goldrahmen und Konsole, den zwei starke Männer mir einst in Berlin-Prenzlauer Berg haben hochschleppen müssen im Auftrag des Sammlers und Liebhabers in einer Person und im doppelten Sinne. Bei anderer Gelegenheit bekam ich ein mit Intarsien versehenes Schmink- bzw. Nähtischchen, das ebenfalls noch existiert und Bewunderung auslöst beim Betrachter.

Er selbst bevorzugte den Jugendstil, in seiner großen Wohnung war jeder Raum mit ausgewählten und zueinander passenden Dingen dekoriert, trotzdem zum Wohlfühlen, man konnte auf den Teppichen liegen, wobei seine ungemein offene, tolerante und diskrete Frau Anna für das Drumrum und die Arrangements zuständig war.

Eine Freundin erinnert sich, dass sie am Boden lagen und einen dicken Wälzer, das altindische Lehrbuch der Liebeskunst »Kamasutra«, durchblätterten. Und diese Freundin erzählte mir später, dass das nix für sie gewesen wäre, weil die da auch in den Bäumen rumhängend die Sache betrieben und Anna sie ganz verzückt darauf hingewiesen und mit glänzenden Augen geseufzt hätte: »Sind sie nicht süß, diese Inder ...«

Peter gestand mir, dass zwischen ihm und Anna eine Art Freundschaftsliebe bestünde, sie sich aufeinander verlassen könnten, was auch geschieht – ein freiwilliges Geständnis, wofür ich Achtung empfand. Auch ihr schien es nicht unangenehm zu sein, dass es mich gibt, denn frühere Freundinnen, Vorgängerinnen vor mir, waren zum Teil aufdringlich, hätten genervt mit Anrufen usw. Natürlich war es nicht so, dass alles erloschen war zwischen ihnen, nur auf dem Gebiet ...

Sie waren ehrlich zueinander, liebten sich wirklich, brauchten sich zum Arbeiten und Lebendigsein.

Schade war, dass andere Männer sich nicht trauten, sich scheuten vor dieser klugen und selbstbewussten Intellektuellen, wenn sie ihre Hand mit den langen Krallennägeln auf den Arm einer infrage kommenden Mannsperson legte.

Ach, sie war wunderbar und zu beneiden im positiven Sinne: Die Russen unterscheiden zwischen weißem (bewunderndem) Neid – белая зависть (bjelaja zavist) – und schwarzem (bösem) Neid – черная зависть (tchornaja zavist). Sie war eine rundum verlässliche Frau, Kollegin und Schwester für ihren Ehemann.

Lied der Helena

Dem Herzen folgen gilt als Sünde.
Der Liebe Weg ist dornenvoll.
Doch gibt es, ach, die besten Gründe
Immer für das, was man nicht soll.
Wie ging es meiner Mutter Leda
Mit meinem Väterchen, dem Schwan?
Sein Herz war schwarz, weiß war die Feder.
Sie mußte tun, was sie getan.

Ach, Venus, glaub, wenig froh ist, der liebt,
Solang es Götter, ja Götter noch neben dir gibt.

Gescheiter wär, die Triebe dämpfen
Und klüglich meiden, was gefällt.
Sonst heißt es gegen Götter kämpfen,
Ja, gegen Götter und die Welt.
Zweideutig ist der Schönheit Gabe
Und schwer, anders als andre sein.
Weil ich so viel Verehrer habe,
Bin ich so sehr mit mir allein.

Ach, Venus, glaub, wenig froh ist, der liebt,
Solang es Götter, ja Götter noch neben dir gibt.

(aus: Die schöne Helena. Operette für Schauspieler
nach Meilhac und Halévy, 2. Akt)

Peter Hacks an seine Mutter, Elly Hacks

13.6.1965

[...] Jetzt machen sie am Dienstag Annas und meine Schnulze (»Der Mann, der bei Schirokko kam«); es wird sicher nicht sehr aufregend. Bei uns ist ja das Fernsehen der Arsch des Theaters, während bei Euch das Theater der Arsch des Fernsehens ist. Aber der Polly-Fernseh-Film*, den der Veth im Januar machen wird, wird gut, auf den freu ich mich. [...]

Herzlichst,

Peter

*Am 9.4.1965 schlossen Hacks und die Deutsche Filmgesellschaft einen Vertrag für ein Szenarium zu einem Fernsehfilm Polly, das mit 20000 DM honoriert werden sollte. Es wurde darüber hinaus bestimmt, die Hauptrolle solle mit Eva-Maria Hagen besetzt werden. Laut Auskunft von Kurt Veth, der wie bei der Uraufführung des Bühnenstücks die Regie übernehmen sollte, waren die Vorarbeit<en für eine Verfilmung abgeschlossen; das Projekt konnte jedoch nach dem 11. Plenum des ZK der SED im Dezember 1965, das zur Absetzung von Hacks' »Moritz Tassow« vom Spielplan der Volksbühne führte, nicht mehr realisiert werden.

Aus: Peter Hacks schreibt an »Mamama«. Der Familienbriefwechsel 1945–1999. Hrsg. von Gunther Nickel. Berlin: Eulenspiegel 2013.

DER MANN, DER BEI SCHIROKKO KAM (1965)

Sendedaten: 15.6.1965
Fernsehkomödie
von Anna Elisabeth Wiede und Peter Hacks
Regie: Robert Trösch
Personen und ihre Darsteller:
Liana Capello (Marion van de Kamp),
Mirella Bartolon (Eva-Maria Hagen),
Sofia Del Ponte (Marga Legal),
Frank Weber-Richter (Dieter Franke),
Leopold Mekismin (Kurt Steingraf),
Elena, Sekretärin (Annegret Golding),
Fabion (Helmut Müller-Lankow)

In der Sommervilla des Bauindustriellen Capello befinden sich Geschäftspartner Bortolon und Del Ponte, deren Ehefrauen. Liana Capello: Eine Gesellschafts-Ziege. Mirella Bortolon: Eine zu junge und zu dumme Schöne. Sofia Del Ponte: Eine Aristokratin, die alles Bürgerliche verachtet, obwohl ihr Mann einen höchst bürgerlichen Beruf ausübt. Die drei Männer fahren zu einer wichtigen, geschäftlichen Reise. Die drei Frauen klagen, daß sie aus Gründen eines geheimen Geschäfts ohne weitere Gesellschaft und Personal hier eingesperrt sind. Schirokko herrscht. Die Nerven sind schlecht.

Auftreten zweier Herren nebst Sekretärin. Ein Weber-Richter, schweigsam, streng, voll Würde. Der andere, Mekismin, verbindlicher. Weber-Richter, von Meksimin stets per »Herr Präsident« angesprochen, läßt sich zu einer Erklärung herab. Sie erwarten in der Nacht den Hohen Kommissar von der Venus.

Ihre Story: Die Venusianer fühlten sich durch die Menschen bedroht, planten eine vorbeugende Besetzung der Erde und Errichtung einer »Oberhoheitlichen Regierung der Weltrepublik«. Weber-Richter ist Präsident der Weltrepublik. Die Weiber glauben's. Sie sind besorgt um ihre Sicherheit. Man beruhigt sie:

Die Venusianer verfolgten nur den Zweck des Friedens …
Jede Frau versichert ihres Gatten Friedensliebe …

Es stellt sich heraus: Alle sind in Rüstungsgeschäften und militaristischen Organisationen tätig. Fast klappt der Gaunertrick mit den Venusianern, da klingelt es. Das Geschäft fliegt auf, wie und durch wen, sehen Sie in der Komödie von

Anna-Elisabeth Wiede und Peter Hacks.

Der Schuhu und die fliegende Prinzessin

(aus dem 19. Kapitel)

Der Schuhu ging gähnend auf sein Zimmer und legte sich zu Bett. Nach zwei Stunden kam die Prinzessin und legte sich zu ihm, und sie redeten die folgenden Worte mit einander:

Prinzessin: Ich schwöre, daß ich nur dich liebe.

Schuhu: Was sprichst du da?

Prinzessin: Ich schwöre, daß mein ganzes Fühlen dir gehört.

Schuhu: Laß das gut sein.

Prinzessin: Wahrhaftig, ich will graue Haare und scharfe Falten bekommen, wenn ich je meine Treue zu dir vergäße.

Schuhu: Ach Frau, das war ein Schwur zu viel.

Die Prinzessin weinte. Die Tränen rollten ihr die Backe hinab und in des Schuhus Federn.

In dem Augenblick fiel der Docht der Kerze, die in einem zinnernen Leuchter brannte, um und ersoff in dem flüssigen Wachs. Alles war dunkel. Aber weil noch ein Funken Wärme in ihm glimmte, entzündete sich der Docht und begann aufs neue zu brennen, ohne daß ihn jemand angesteckt hatte.

»Was bedeutet das?« fragte die Prinzessin.

»Das bedeutet«, sagte der Schuhu, »daß du mich nicht mehr liebst, aber eines Tages wieder lieben wirst«. Er stieg aus dem Bett, flog durchs Fenster und verschwand in dem mondlosen Himmel.

Erinnern

Freund Hein und Maria

Neulich beim Räumen und Sortieren war ich hin- und hergerissen: Was kommt zum Altpapier? Schwer zu entscheiden manchmal, doch die Zeit läuft unaufhaltsam, und »Freund Hein«, den ich schon in meinen »Traumbildern in Öl« verewigt habe, schwingt mit heiterer Gelassenheit und in nackter Schönheit und Vorfreude die Sense, winkt verführerisch, ich wehre aber mit gemischten Gefühlen ab, denke: Sei nicht ungeduldig. Ich geh dir ja nicht verloren ...

Jedenfalls malt meine Fantasie ihn mir nicht als Schreckgespenst aus. Und ich blättere in den Seiten der Briefe und Aufzeichnungen, lese mich fest, sortiere aus, denke: Mensch, das sind aber schöne Briefe, die nicht vom Reißwolf zerschreddert werden oder in den Altpapiercontainer kommen dürfen, angesichts der rasenden Entwicklung der Technik, wo du im Sekundentempo durch einen Klick Botschaften in alle Welt schießen kannst, per Mail, SMS, in neuen, verkürzten Wort-Schöpfungen, Gemisch in Multikulti-Sprache.

Und ich las, was ihm, von dem die Briefe stammen, meine Briefe einst bedeutet haben, unser Briefwechsel. Schade, dachte ich, hätte sie auch gern gelesen ... jetzt, nach sage und schreibe fünfzig Jahren. Was ich da wohl so von mir gegeben habe, in meiner wechselvollen Aufbruchszeit.

Dann kam mir die Idee – und ich bat einen alten Freund, der bereits bei anderen Projekten eine Art Sekretär für mich war, zu recherchieren, ob es womöglich noch irgendwie und wenn, wo? – was gäbe von damals ... Gesagt, getan.

Und tatsächlich: Bei den Sachen des Dichters P. H. – um den es sich hier handelt – war die Adresse des Literarischen Instituts in Marbach. Ich telefonierte mit dem Archivar und erfuhr, dass auch ein Bündelchen handgeschriebener Briefe von einer gewissen MARIA dabei wären. Und ich habe noch seine Originale an mich gefunden von »einst im Mai« – dem »Honeymoon« –, wo unverblasst zu lesen war:

»Du weißt nicht, Maria, wie viel Glück mir Deine Briefe bringen. Ich habe immer etwas von Dir, am Tag Deine Briefe, in der Nacht Dein geträumtes Bild ... und ich sehe Deine Augen, frech, zärtlich, sinnlich und von der Farbe des in einer Vorstadtpfütze gespiegelten Himmels.«

Daraufhin bekam ich Kopien meiner leidenschaftlich und launig verfassten Gefühlsausbrüche – von vor einem halben Jahrhundert. Und er selbst – bereits seit zehn Jahren im Reich der Seligen oder sich sonstwo unsichtbar herumtreibend – schaut sich interessiert um, bald auch gelangweilt, sehnt sich nach den klassischen Geistern, Dichtern und Denkern der Vorzeit, mit denen er Geistesblitze abschießen kann. Ich bin sicher, dass er gegen die Veröffentlichung seiner Liebesbriefe an Maria nichts einzuwenden hätte, im Gegenteil.

Ich bot das Ganze dem Eulenspiegel Verlag an, weil ich wusste, dass dort fast sämtliche Sachen von ihm veröffentlicht sind. Man war sofort begeistert von der Idee – und ohne langes Rumgerede gaben wir uns das Ja-Wort dazu, dieses »Kleinod« gemeinsam in und auf die Welt zu bringen.

Ich freue mich, die Initiative ergriffen zu haben, interessierten, kritischen sowie mit Vorbehalt belasteten Lesern seiner Werke ein zwar schmales Fenster geöffnet zu haben, aber dafür mit Blick in einen lieblich duftenden, üppig blühenden ... verblühenden Garten der Lüste.

Berlin, 18. Februar 1966

Informationsbericht

Frau Baumgarten bedankt sich bei Frau H. für die lieben Grüße.
Sie erkundigt sich bei Frau H., ob sie die in deutscher Sprache übertragenen amerikanischen Lieder im Studio benutzen darf. Frau H. sagt, daß das noch nicht möglich ist. Diese Lieder wird sie demnächst im Fernsehen und auf Veranstaltungen singen.
Frau B. erwähnt, daß dann doch diese Lieder mitgeschnitten werden. Frau H. bemerkt, daß sie ja diese Lieder noch nicht im Fernsehen gesungen hat. Der Fernsehfunk hat es ihr bisher noch nicht ermöglicht, mit diesen Liedern aufzutreten. Frau H. möchte damit eine Sendung im Fernsehen gestalten. Nach dem 11. Plenum wollte Frau H. nicht mit diesen amerikanischen Liedern auftreten. Der neue Oberspielleiter vom Fernsehfunk war ganz begeistert von diesem Programm, aber er ist jetzt krank geworden. Frau H. möchte die Aufführung dieser Lieder nicht blockieren, sie möchte aber die Lieder zuerst öffentlich singen. Peter Hacks hat diese Lieder für Frau H. aus dem Amerikanischen übersetzt.
Diese Lieder sind noch nicht veröffentlicht worden. Frau Baumgarten erwähnt, daß diese Lieder ein guter Beitrag für unsere Folklore sind. Sie vereinbaren, daß sich Frau Baumgarten wieder bei Frau Hagen meldet.

LORD HENRY

Bleib, bleib, bleib, mein kleiner Lord Henry
Und schlaf die Nacht bei mir.
Ich hab ein Bett, von den allerbesten eines,
Das soll gehören dir.

Ich bleib nicht, und ich kann nicht bleiben
Und schlafen nicht bei dir.
Ein Mädchen wartet im Schottischen Hof,
Das will gehören mir.

Du bleibst nicht, und du kann nicht bleiben,
Doch scheiden sollst du nie.
Mit einem Messer zum Federnschneiden
Durchbohrt sie den Lord Henry.

Sie rief nach ihrer kleinen Kammerwand.
Komm und vernimm mein Wort,
Da ist ein toter Mann in meinem Bett,
Den musst Du schaffen fort.

Sie rief nach ihrer kleinen Kammerwand.
Zähl mir der Glocken Schlag.
Kräht der Hahn im Hof die Mitte von der Nacht,
Oder kräht er schon den Tag?

Eine nahm ihn bei der lilienweißen Hand,
Eine nahm ihn beim Bein.
Und warfen ihn in den neugegrabnen Brunnen
Vierzig Fuß tief hinein.

Bleib, bleib, bleib, mein kleiner Vogel,
Und setz dich auf mein Knie
Ich hab einen Käfig, von den allerbesten einen,
Für dich, mein Lord Henry.

LIED VOM ALTEN TRINKER

Ein alter Mann kam heim zur Nacht
Von Mondscheinwhisky voll
Und sah ein Pferd an der Krippe stehn
Wo doch sein Pferd stehen soll.

Mein Weib, mein treusorgendes Weib
Sag wie das zugehn soll?
Da steht von jemand das Pferd an der Krippe
Das da nicht dastehn soll.

Mein Weib, mein treusorgendes Weib
Sag wie das zugehn soll?
Da hängt von jemand der Hut am Haken
Wo doch mein Hut hängen soll.

O du alter Trunkenbold toll
Du bist wahrhaftig toll
Es ist dein eigner schwarzer Hut
Er hängt, wo er hängen soll.

Mein Weib, treuliebendes Weib
Die Welt ist rätselvoll
Von jemand der Kopf liegt bei dir im Bett
Wo doch mein Kopf liegen soll.

O du alter Trunkenbold toll
Du bist wahrhaftig toll
Es ist ein Kohlkopf und sonst nichts
Es ist ein Kopf von Kohl.

Ich bin gereist hinauf und hinab
Zehntausend Meilen und mehr
Doch 'n Bart an einem Kohlkopf wachsen
Sah ich noch nie vorher.

In der zweiten Hälfte der sechziger Jahre waren wir kein Paar mehr, hielten aber Kontakt, trafen uns ab und zu, telefonierten miteinander und waren auch durch Arbeiten wie den »Polly«-Film, das TV-Projekt »Aus dem Liederbuch der Eva-Maria Hagen« (gesendet erst 1974) oder die hier abgedruckten Lieder, die Peter für mich geschrieben hatte, in Verbindung geblieben. Ob sie später veröffentlicht wurden, ist mir nicht bekannt. Ich habe sie jedenfalls bei Auftritten zur Gitarre gesungen, obwohl da alles, was ich tat, intensiv von der Stasi beäugt wurde, aber das wussten wir damals nicht. (Und darüber existiert bereits der ›Roman‹ »Eva und der Wolf«.)

Ich war die nächsten Jahre sehr von den Herausforderungen der Zeit gefordert – politisch wie privat –, versuchte aber, mich nicht unterkriegen zu lassen. Als dann – nach herzzerreißenden Zwischenspielen – die Zeit des Abschieds anbrach, war ich doch ziemlich sprachlos darüber, wie mein einstiger Herzensschatz seinen feinen Humor zu verlieren drohte und stattdessen der mir bis dahin unbekannte Zyniker zu Wort kam, aus gekränkter Eitelkeit, verletztem Stolz, Enttäuschung, dazu die Verflechtungen im Vergangenen und sich hinter den Kulissen abspielende Szenen im politischen Zeitgeschehen ... Wir haben uns jedenfalls gegenseitig stillschweigend verziehen im Laufe der Zeit.

Berlin, 17. Februar 1967

26/BA 19/66/ 561 -
Po Vertrauliche Dienstsache -
Informationsbericht

Werner Sellhorn teilt Frau Hagen mit, daß es wieder Schwierigkeiten mit der Volksbühne gibt: man verlangt zu wissen, wer die Übersetzer der ausländischen Lieder sind. Frau H. sagt ihm, der "alte Trinker" sei von Peter Hacks übertragen worden. Die Titel "Die Ballade vom Ritter" und "Der Schäfer" sind in Westdeutschland auf Schallplatten erschienen, Frau H. weiß nicht, wer die Texte übersetzt hat. Sellhorn hat einen Bekannten, der entsprechende Platten hat. Er will versuchen, die deutschen Textautoren von diesem Bekannten zu erfahren.
Beide unterhalten sich dann ausführlich über den Programmablauf, kommen jedoch nicht zu einem Ergebnis. Frau Hagen soll sechs Titel singen, einen siebenten Titel als Zugabe vorbereiten. In der nächsten Woche will sie zu Sellhorn kommen, um das mit ihm abzusprechen. Sellhorn erwähnt, daß die Volksbühne bisher keinen Vertrag mit ihnen unterschrieben hat aufgrund dieser Dinge. In den letzten Verhandlungen am 17. Februar hat man gesagt, daß man die Namen der Übersetzer genau braucht. Es sei ja klar, warum, fügt Sellhorn hinzu. Er könne darüber nur noch lächeln, die Lust läßt er sich dadurch nicht mehr nehmen, obwohl er sich darüber ärgert.

Man müsse sich damit abfinden.
Sie besprechen Einzelheiten des Singens, Frau Hagen will den "Traum" nicht zusammen mit dem Hootenanny-Quartett bringen, sondern allein. Außerdem möchte sie gern ein schwedisches Lied, übersetzt für sie von Peter Hacks, bringen: "Der kleine graue Vogel". Dabei würde sie zuerst kurz den schwedischen Text singen, dann den deutschen. Sellhorn erklärt, daß er das dann extra einreichen müßte. Frau Hagen meint, dann müßten sie davon absehen. Sie schlägt vor, den "Traum" mit Manfred Krug zu singen, und erklärt sich bereit, mit Krug darüber zu sprechen. Sellhorn ist einverstanden. Über die ganzen Fragen wollen sie dann in der nächsten Woche beraten, Frau H. will sich mit Sellhorn in Verbindung setzen. Sie notiert sich die neue Telefonnummer von Sellhorn: 535013. Inzwischen will Sellhorn "die in der Volksbühne nicht verwirren", sie können das ja immer noch besprechen.

Berlin, 19. Oktober 1967

26/BA/ 19/66! 762 - Fin -
Vertrauliche Dienstsache! -
Informationsbericht

Peter Hacks erkundigt sich nach Eva H.s Befinden. Er gratuliert ihr zum Geburtstag. Sie bemerkt, daß sie Gäste eingeladen hat. (...) Er ist auch herzlichst eingeladen. Sie unterhalten sich über Evas Arbeiten bei der Defa und am Theater. Sie bemerkt u.a., daß sie an einem Auftragsfilm für den VII. Parteitag teilgenommen hat. Mit diesem Film war sie in Moskau. Der Film ist ganz schlecht. Für Eva war der Film aber ganz gut, weil sie in ein anderes Fach kam. Peter fragt, was ein Auftragsfilm ist. Eva sagt, daß das ein Film zu Ehren eines großen Tages ist. Sie kann das aber nicht alles an dieser Stelle erzählen. Sie sagt aber sonst auch immer alles, was sie denkt. Eva erwähnt, daß sie auch im Film "Die Fahne von Kriwoi Rog" mitgespielt hat. Der Film ist nach einem Roman gedreht worden. Sie ist froh, daß nicht viel von diesem Roman übrig geblieben ist.
Der Film ist zum Teil ganz ansehbar. Peter bemerkt, daß die ganz einfach die Story genommen haben, die sonst ganz gut ist. Eva meint, daß ein paar Stellen im Film sind, die ins Heroische gehen. Auf eine Frage sagt sie, daß diesen Film der Maetzig gedreht hat. Der Film ist jetzt fertig. Es war auch schon Pressevorstellung. Das Kino war knackvoll.

Der Film wird ganz groß aufgebauscht zum Oktober. Peter bemerkt, daß der Maetzig sich nicht einmal den Hals brechen soll. Eva meint, daß der das nicht macht, der findet immer wieder einen Weg. Peter sagt, daß man weiß, daß man sich nicht auf Maetzig verlassen kann, so etwas hat die Regierung am liebsten. Solche käuflichen Schurken. Eva bemerkt, daß man von Peter nichts hört. Er sagt, daß es ihm aber gut geht. Er fügt noch etwas Unverständliches hinzu. Eva fragt, was übrigens Peters Stück macht, was er angekündigt hatte. Er sagt, daß niemand erwartet hatte, daß er das Stück schreibt. Er fragt, wo sie das gelesen hat. Sie hat das in verschiedenen Zeitungen gelesen. Er meint, wenn Eva das im "Spiegel" gelesen hat, hat sie möglicherweise die Ein- und Ableitung nicht gelesen, die die nicht mit abgedruckt haben. Eva bemerkt, daß sie das im "Spiegel" gelesen hat. Sie fügt hinzu, daß das eigentlich jeder angenommen hatte. Peter bemerkt, daß er mitgeteilt hat, daß das keine Fabel ist. Er traut sich nicht zu, ein Stück zu schreiben ohne Fabel.
Eva fragt, warum er das dann gemacht hat. Peter sagt, daß er es eine sehr amüsante Form findet, seine literarischen Gegner zu beschimpfen.
Eva lacht darüber. Sie bemerkt, daß viele davon überzeugt waren, daß es so ist. Im Londoner Rundfunk ist darüber gesprochen worden.
Sie waren da aber ziemlich gegen Peter Hacks. Sie konnten das nicht verstehen, ihn für einen ernsthaften Dramatiker halten usw. Eva bemerkt, daß sie sich

einmal sehen sollten. Peter sagt, daß er Anfang nächsten Monats wieder zurück ist. Er wird sich dann bei Eva melden. Eva ist damit einverstanden. Sie bemerkt, daß er aber auch schon heute abend zu ihr kommen kann. Für Peter ist das aber unmöglich. Er fügt hinzu, daß es heutzutage leicht ist, nach Prag zu fahren. Er ahnt heute, daß er morgen vielleicht sein Visum bekommt. Er rennt nun schon zwei Tage herum und erledigt Paß- und Paßbildgeschichten, Eva ist verwundert - Sie bemerkt, daß man jetzt doch ohne Einladung nach Prag fahren kann. Peter erzählt, daß er nicht wußte, wie man das macht, nach Prag zu fahren. Er hat sich an die Auslandsabteilung des Schriftstellerverbandes gewendet. Es wurde ihm mitgeteilt, daß er nur zur Polizei muß. Dort bekommt er einen Fetzen Papier. Er hat sich darauf verlassen. Vier Tage vorher meldet er sich bei der Polizei. Es wurde ihm gesagt, daß das mindestens 10 Tage dauert. Außerdem kommt die Polizei nicht in Frage. Er braucht ein Dienstvisum. Dabei stellte sich auch heraus, daß er einen neuen Paß braucht. Er geht einen Tag später hin und bringt den Paß und das Paßbild. Jetzt stellte sich heraus, daß das Paßbild nicht gilt. Es gelten nur noch Paßbilder mit Krawatten. Er hatte aber kein Paßbild mit einer Krawatte, dafür mit einem sehr viel teueren Hemd. Mit sehr viel Bestechungsgeld ließ er sich am gleichen Tag ein Paßbild anfertigen. Danach stellte sich heraus, daß das Außenministerium eine Sache, welche sich nicht in einem Zimmer abspielt, sondern in zwei Zimmern des

Außenministeriums, nicht an einem Tage erledigt. Danach wurden dann Autoritäten eingeschaltet, die das Außenministerium überzeugten, daß die Sache doch an einem Tag erledigt werden kann.
Auf eine Frage sagt Peter, daß er in Prag zauberhaft beschäftigt ist. Er trifft dort einen Haufen Leute. Eva fragt, ob ein Stück von ihm in Prag läuft. Peter verneint. Er fügt hinzu, daß doch von ihm kein Stück bei den Tschechen läuft. Eva ist verwundert darüber.
Peter sagt, daß die Tschechen auch seine politischen Gegner sind. Sie haben ihn doch als Stalinisten mit Recht entlarvt. Eva ist das neu. Peter bemerkt, daß er in allen anständigen Volksdemokratien als Stalinist entlarvt worden ist. Eva bittet, daß er ihr das alles einmal genauer erzählen soll. Er verspricht ihr das. Sie bittet, daß er versuchen soll, noch heute abend zu ihr zu kommen –

Berlin, 26. Oktober 1967

26/BA/19/66/766 - Fin
Vertrauliche Dienstsache -
Informationsbericht

Peter Hacks meldet sich bei Eva-Maria Hagen. Er hatte ihr versprochen, sich bei ihr zu melden, wenn er aus Prag wieder zurück ist. Das geht nun aber nicht, weil er gar nicht in Prag war. Er erklärt, daß er seinen Paß nicht rechtzeitig bekommen hat. Er fügt hinzu, daß die hier zu blöd waren. Eva-Maria meint, daß das ja ein Ding ist. Peter bemerkt, daß er tagelang seinen Koffer ein - und ausgepackt hat. Die hatten ihn immer für eine halbe Stunde vertröstet. Eva-Maria fragt, was die gegen ihn haben. Er erwidert, daß die gar nichts gegen ihn haben. Er fügt hinzu, daß die sicher auch gegen ihn etwas haben werden. Das Schlimme ist, daß das das ist, was jede Behörde gegen jeden Menschen hat. Die sind heute einfach schlicht unfähig alle miteinander.
Eva-Maria bemerkt, daß sie in großer Eile ist. Sie hat heute große Premiere. Gestern war sie in Eisleben. Peter hat davon gelesen. Er wünscht ihr viel Erfolg.
Beide verbleiben anschließend so, daß sie sich am kommenden Mittwoch gegen 20.30 Uhr bei Frau Eva-Maria Hagen treffen.

STAATLICHES KOMITEE FÜR FERNSEHEN
BEIM MINISTERRAT DER DDR

Stellvertretender des Vorsitzenden

Frau
Eva-Maria Hagen
Berlin

Berlin, den 7. Dezember 1976

Betr.: Beendigung des Arbeitsverhältnisses beim DDR-Fernsehen

Hiermit spreche ich Ihnen im Auftrag des Vorsitzenden des Staatlichen Komitees für Fernsehen aufgrund § 32 des Gesetzbuches der Arbeit die fristlose Entlassung aus. Sie haben Ihre Pflichten nach § 1, § 2 und § 7 der Arbeitsordnung für das DDR-Fernsehen gröblich verletzt.
Sie sind gegen Maßnahmen und Beschlüsse der Regierung, die zur Abwehr von Angriffen aus dem Ausland getroffen wurden, aktiv vorgegangen, um diese Beschlüsse wirkungslos zu machen.
Entsprechend § 36 des Gesetzbuches der Arbeit können Sie gegen diesen Entscheid innerhalb von 14 Tagen bei der Konfliktkommission bzw. bei der Kammer für Arbeitsrecht des Stadtbezirksgericht Einspruch einlegen.

Engelhardt
Stellvertretender d. Vorsitzenden
des Staatlichen Komitees

2013
... nochmaliges Erinnern an das Jahr 1963

Der Mitverursacher des Ausnahmezustands meiner Person im Irrgarten der gespalteten Seelen, leicht verschlampt das Anwesen im Laufe der sich abgelöst habenden Systeme: Preußentum, Faschismus, Deutschdemokratie. Romanhafter Ort im Park. ›Herzberge‹ genannt.

Ach, die Vergangenheit, das Leben überhaupt ist schuld an dem Zusammenbruch und der Auferstehung.

Er war außerhalb der Besuchszeit gekommen.

Ich, lebendiger denn je, zwar noch behaftet mit diesem – wer kennt ihn nicht – herbsüßen Herzschmerz aus Morgenschmelz und Schummerstimmung. Großer Gott! Sein Mund war kalt, die Lippen ... blutleer. Der Kreislauf spielte anscheinend nicht mit. Er fror vor ... Grauen.

Der Mann darf ausnahmsweise die Patientin aus der Einzelzelle ohne Fenster – nein, die waren oben unter der Decke installiert, auch sonst alles idiotensicher ohne Ecken und Kanten – spazieren führen. Seine mitleidigen Küsse waren wie von einem Scheintoten. Jedenfalls fühlte er sich so an. Mag sein aus Angst vor den vielen Verrückten und Gestörten in Plural gleich in Reichweite – oder doch vor der so normalanmutenden Selbstmörderin –, und übergab ihr wie nebenbei das mit Schreibmaschine beschriebene Blatt:

Da sie, die Schönste der Schönen, hinan aber reiste zum Himmel,
Herrschte viel Freude oben. Die ganz geläuterten Geister
Sammelten sich an der Pforte, jauchzend, den Autogrammblock
In der Hand, sie zu grüßen, die neue Zierde des Jenseits.
Alle waren sie da, die Patriarchen, die Throne,
Vollzählig all das selige Geflügel, die Intendanten
Himmlischer Bühnen und Music-Halls, leicht mit Gott
zu verwechseln,
Auch die bläßlichen Kritiker, die man selbst dort nicht vermeidet.
Und das Gejauchz überscholl die leiernde Orgel der Sphären,
Und die Sterne allein, sie schmollten, ihr Glanz schien erloschen.
Unten aber, verwaist, lag die Erde. Sie hatte den schwarzen
Schleier übergezogen der Nacht zum Zeichen der Trauer.
Und mit weiß und grauen Rauchen lagen die Städte,
Finstrer als sonst. Sie sah sie, und nicht ohne jegliche Rührung.
Viele nämlich sah sie, die ohne Trost sie zurückließ.
Und ein Heimweh befiel sie. Der reinen, der gläsernen Wohnung,
Die sie, nicht anders als wir, als Zuflucht ersehnet vom Menschsein,
Wo nicht Bosheit mehr waltet, auch nicht die Liebe natürlich,
Wo man, gar nichts verlangend, selber von keinem verlangt wird,
Wo die Mühsal sich endigt zugleich mit den Freuden: dem Himmel
Plötzlich wandte Maria die wohlgerundete Schulter
Und herab wieder tauchte sie, wo so sehr sie gebraucht ward.

Ich umarme Dich, Peter

Das ist doch ein tröstender Abschluss dieses Unternehmens – und dass ich die Lovestory von vor fünfzig Jahren noch auf die Reihe gebracht habe: also Mut und Unternehmungsgeist motiviert waren ... in diesem Falle hat Eva die Maria dazu bewegt, doch zuzustimmen, denn die beiden Seelen, ach, in meiner, das heißt unserer Brust sind nicht ständig einer Meinung, einigen sich jedoch meistens schwesterlich, bevor es Nacht wird.

Hier ist nun das Kapitel »Liaison amoureuse« aus dem Album »Bilder der Vergangenheit« auf dem »Marktplatz der Eitelkeiten« ...

EVA & MARIA grüßen den dort oben lebhaft plinkernden STERN im All, dessen Schweif rotgoldene Lichtzeichen umschwirren wie Glühwürmchen – hab ich eben geträumt, nachdem ich eingeschlafen war mit meinem neuen »Helfershelfer«, so 'n Leichtgewicht von Laptop aufm Bauch. Also ich muss schon sagen, Herr Doktor, das ist doch nicht von dieser Welt, was so aus heiterem Himmel alles passiert.

Ja, Sie haben gut lachen, direkt ansteckend dieses sich grundlos Freuenkönnen. Einfach so, fürn Moment. Vielleicht hält er sogar länger an.

PS. Was ich noch betonen sollte: Dieses Erinnerungsbüchlein gibt es vor allem wegen der schönen Briefe von einst, wo zwei Liebende versuchen, ihr ›Sehnen und Verlangen‹ in Worte zu fassen – hier ein paar Gedichtzeilen aus »Die Liebenden« von Meister Brecht angehängt, wo zwei Kraniche im Fluge beieinander liegen:

[So] fliegen sie hin, einander ganz verfallen.
Wohin, ihr?
Nirgendhin.
Von wem davon?
Von allen.
Ihr fragt, wie lange sind sie schon beisammen?
Seit kurzem.
Und wann werden sie sich trennen?
Bald.
So scheint die Liebe Liebenden ein Halt.

Bertolt Brecht

Ja, Brecht wusste Bescheid, der die Frauen nicht links liegen ließ, wenn Schluss war, sondern als mehr oder weniger glückliche Zuarbeiterinnen in seiner Nähe duldete, während Sie, ehrgeiziger und promovierter Nachkömmling der Dichter und Denker, bereits in noch glücklichen Zeiten das folgende Lied in »Polly oder Die Bataille vom Blue Water Creek« nach John Gay in melancholische Reime reimten (Melodie in Dur):

O TRÜBE, TRÜBE

Wenn Muschelstein wird Elfenbein
Dann kehrt mein Lieb zurück zu mir.
Wenn Myrten grün im Winter blühn,
Dann kehrt mein Lieb zurück zu mir.
O trübe, trübe.
Doch süß ist Liebe
Im Anbeginn, solang sie neu.
Doch sie wird alt und endet kalt
Und welkte hin wie Binsenheu

Fortuna war mir immer mal wieder hold gewesen – mein Schutzengel hat mich bis heute aufgefangen vorm Zerschellen im Steinbruch der Ruinen, geschützt vor Menschenfänger und Raubritter, mir Troubadoure zugeführt, die mir Lieder schenkten und mehr. Sie hat mich zum Leben verdonnert, dazu erzogen, selbst Hand anzulegen, mich am eigenen Schopf aus dem jeweiligen Schlamassel zu befreien, loszugehen, dem Wind entgegen, zur Alster-Perle rüber, wo die lustigen Hunde sämtlicher Rassen ihre Lebensfreude verbreiten, sich austoben – und ich mit den nachgeborenen Nordlichtkindern Blickkontakt aufnehme, sie zum Lächeln bringe, erlebe, wie in ihren Augen ein wärmendes Leuchtfeuer aufblinkt, das Erkennen und Registrieren von dem berührenden Moment:

Ich bin gemeint …

Auskünfte zur Person

1. P. H. wurde 1928 geboren und gehört zu jenem Jahrgang, der durch die Zerschlagung des deutschen Faschismus und die Gründung der DDR ermutigt wurde, Hoffnung in den Weltverlauf zu setzen.
Er ist Schriftsteller; sein Leben enthält keine äußeren Ereignisse.

2. P. H. hat, sein Eheweib Anna Elisabeth Wiede ausgenommen und vorausgesetzt, drei Frauenspersonen geliebt: Eva-Maria Hagen, Sibylle Belicke und Karin Gregorek. Andere Frauen mögen mehr und überzeugendere schriftliche Beweise seiner Zuneigung vorlegen können, aber andere Frauen hat er nicht geliebt.

Peter Hacks
23. Februar 1990

Bildnachweis

Privat: 8, 12, 17, 21, 28, 31, 38, 43, 45, 56, 60, 65, 73, 90, 91, 93, 94
DEFA-Stiftung: 7 (Ludwig Schirmer), 13 (S. Peters), 18, 25 (Heinz Wenzel)
DRA/rbb media: 71 (Waltraud Denger)
Roger Melis: 51 [Ausschnitt]

Sämtliche Gemälde sind Werke von Eva-Maria Hagen, die abgedruckten Dokumente stammen aus ihrem Privatarchiv. Die Szenenbilder S. 14 oben und S. 41 zeigen Eva-Maria Hagen als Abigail im Film »Ein Glas Wasser« (1964). Das Bild S. 46 stammt aus dem Film »Mandragola« (1962).

Dank an Gerd Stümer für umfangreiche Unterstützung.

ISBN 978-3-359-02403-3

Umschlaggestaltung: Verlag unter Verwendung eines Motivs von Eva-Maria Hagen
Druck und Bindung: Salzland Druck, Staßfurt

Ein Verlagsverzeichnis schicken wir Ihnen gern:
Eulenspiegel · Das Neue Berlin Verlagsgesellschaft mbH & Co. KG
Neue Grünstraße 18, 10179 Berlin
Tel. 01805/309999 (0,14 €/Min., Mobil max. 0,42 €/Min.)

Die Bücher des Eulenspiegel Verlags erscheinen in der Eulenspiegel Verlagsgruppe.

www.eulenspiegel-verlagsgruppe.de